A. DUCÈDRE

CARNET

D'UN

FATALISTE

PARIS
ANCIENNE MAISON QUANTIN
LIBRAIRIES-IMPRIMERIES RÉUNIES
7, rue Saint-Benoît
1893

CARNET

D'UN

FATALISTE

A. DUCÈDRE

CARNET
D'UN
FATALISTE

PARIS
ANCIENNE MAISON QUANTIN
LIBRAIRIES-IMPRIMERIES RÉUNIES
7, rue Saint-Benoît
1893

Qu'on ne s'attende pas à trouver dans les lignes qui suivent un cours ou un abrégé de philosophie.

L'auteur n'a eu d'autre pensée, en publiant ce recueil, que d'assembler sous une même couverture quelques-unes des réflexions que, depuis longues années, il a notées au jour le jour, suivant le hasard de ses observations.

Il a bien fallu, pour apporter un peu d'ordre, distribuer les pensées en chapitres et donner à ceux-ci des appellations; mais les noms quelque peu prétentieux de Nature, Déterminisme, Morale, *etc., signifient simplement que les notes peuvent être rangées sous cette classification et non point que le sujet va recevoir les développements qu'il comporte.*

Une seule partie a été plus largement traitée; c'est celle où ont été réunis divers exemples servant à illustrer une loi de la nature qui ne semble guère avoir été étudiée jusqu'à présent, bien qu'elle ait été signalée à diverses reprises. En la proposant à l'examen des curieux, l'auteur espère qu'elle arrêtera l'attention de personnes plus à même, par leurs connaissances générales, d'en découvrir les différents aspects et de lui faire attribuer définitivement la place à laquelle elle a droit parmi les forces qui régissent les agitations de notre pauvre espèce. Il ne se dissimule pas l'opposition que certaines de ses idées rencontreront dans la foule ; peu de lecteurs consentiront à admettre que la liberté cérébrale dont l'homme est si fier ne soit qu'une illusion ajoutée à tant d'autres, et que les œuvres de l'esprit soient assujetties aux mêmes lois que les gaz, les liquides et les solides. En tout cas, on voudra bien reconnaître que les exemples donnés sont attachants et que, jusqu'à présentation d'exemples contraires, ils ont droit à quelque créance.

Paris, 21 mars 1893.

LA NATURE

I

L'homme est la terre prenant conscience d'elle-même.

II

L'analyse chimique fait chaque jour des progrès et nous révèle l'existence de nouveaux corps simples.

Est-il hasardeux d'estimer qu'un moment viendra où, à force de se perfectionner, elle aboutira à un résultat contraire et constatera l'identité d'éléments qui aujourd'hui nous paraissent divers?

Nous nous acheminerions ainsi (mais cela ne pourra se réaliser que par le lent effort des siècles) vers le terme final de l'analyse scientifique : un seul et même corps simple reconnu comme étant l'essence homogène de toute chose.

Quand notre planète n'était qu'une nébuleuse, contenait-elle plusieurs corps simples?

III

Dès lors que l'on n'admet plus l'existence d'une matière inerte, il faut renoncer à la vieille division en esprit et matière qui ne reposait que sur un examen superficiel de la nature; esprit pur et matière vile doivent être jetés ensemble au panier. La nature est une.

HOMO HOMINI LUPUS

IV

La lutte est la loi suprême de la nature.

Il n'est pas besoin de beaucoup observer pour reconnaître que les hommes luttent entre eux autant et plus que ne le font les animaux. Nous croyons combattre pour notre religion, notre patrie, nos affections, nos intérêts; en cela, nous sommes victimes d'une illusion. Ces mobiles, et tous autres, sont simplement le moyen qui nous permet d'obéir inconsciemment à la loi; ils sont l'occasion et non le motif.

Voilà pourquoi on voit si souvent une idée ne réussir qu'aussi longtemps qu'elle peut servir d'arme. Vient-elle à triompher ou à être adoptée par les détenteurs du pouvoir, les jeunes générations la désertent pour se mettre en quête d'autre chose qui satisfasse mieux leur instinct insoupçonné de combativité.

Il ne faut jamais demander comment un homme, une race ou une époque envisagent une question, mais bien de quelle manière ils se servent d'elle pour porter des coups.

V

Il n'y a ni vérité ni erreur, ou, plutôt, tout est vrai.

L'opinion qui succombe n'est pas

plus fausse que celle qui triomphe. Pourvu qu'il y ait choc, la nature est satisfaite : c'est dans le fait même de la lutte que réside la vérité.

VI

Les Français se complaisent à parler de leur union contre les périls extérieurs; pour faire face à l'ennemi, ils sont toujours prêts à oublier leurs discordes intestines. A y regarder de près, on ne voit rien là dont nous ayons tant lieu d'être fiers. Quand l'étranger veut bien fournir lui-même un aliment à notre faim querelleuse, il nous dispense d'en chercher un dans des disputes civiles ; le plat change, mais l'appétit reste le même.

VII

Il devient bien difficile de croire à la disparition de la guerre quand on remarque que les pays qui n'ont pas de guerre étrangère sont soumis à l'obligation de subir des guerres civiles. Tel est, en Europe, le cas de l'Espagne et du Portugal, et, en Amérique, de toutes les nouvelles républiques.

Seuls de tous les pays connus, la Suède et la Norvège n'ont pas vu couler le sang depuis 1815.

VIII

Lorsque les hommes ne sont pas asservis par le gouvernement, ils sont condamnés aux dissensions civiles.

Discorde entre égaux, ou servitude envers un chef et les préposés de celui-ci, il faut, dans tous les pays du monde, choisir entre ces deux termes; heureux encore quand, pour mieux satisfaire à la loi, on ne les subit pas tous deux simultanément.

IX

La paix est pour les nations ce que l'oisiveté est pour les individus.

LA MÉCANIQUE

TERRESTRE

X

Au fur et à mesure que l'individu ou la race se perfectionnent et s'affinent, ils disparaissent et font place à des nouveaux venus plus simples et physiquement plus forts. En thèse générale, le barbare (au moins par comparaison) a seul le don de perpétuer l'espèce.

Fils moraux des sujets les plus chétifs, nous héritons et nous profitons des œuvres de tous ceux qui ont dépensé par le cerveau leur force organique et sont devenus ainsi la gloire de l'humanité; mais, par le sang, nous sommes les enfants des sujets les plus résistants.

Quant à la disparition des races vieillies, elle a lieu, soit absolument par l'excédent des décès sur les naissances, soit relativement par le refoulement ou l'aspiration vers d'autres régions toujours plus à l'Ouest ou plus au Sud, soit enfin par les deux modes combinés.

Dans chaque pays, la race la plus ancienne habite le Sud-Ouest. De même qu'en Europe c'est dans les Pyrénées que subsistent les derniers vestiges des Ibères; de même, en Afrique, c'est dans le Damaraland que résident les Hottentots regardés par beaucoup d'ethnologues comme la plus ancienne race africaine ; de même encore, c'est dans les presqu'îles et les archipels du sud de l'Asie qu'on trouve les Négritos, derniers débris des noirs qui, aux temps préhistoriques, ont couvert l'Asie avant de passer en Afrique sous la poussée des blancs et des jaunes.

XI

Il ne reste pas plus d'éléphants aujourd'hui dans le pays de Darius que dans celui de Pyrrhus. Cette espèce fournit un exemple frappant de la lente migration vers le Sud, qui est une des formes de la disparition des condamnés.

Jusqu'à présent, on n'a pas fait ressortir toutes les particularités de la sélection naturelle. Un article important de cette loi est que le vainqueur a toujours la même origine géographique et le vaincu la même destination.

XII

Tous les peuples situés à l'ouest ou au sud de l'Asie centrale possèdent des traditions ou même des preuves historiques qui leur font considérer cette région comme le berceau de leurs ancêtres. On en a conclu hâtivement que là aurait été, à l'origine, le point d'où l'humanité a rayonné dans tous les sens.

Il faut prendre note que ces traditions n'existent en aucune façon chez les peuples de l'Asie orientale.

Loin de là, le peu que nous savons de leurs migrations est en opposition complète avec une pareille théorie.

XIII

Il est prouvé historiquement que la région appelée Germanie a porté aussi le nom d'Ancienne Celtique.

XIV

C'est employer une expression impropre que de parler de la « dispersion » des Juifs après la prise de Jérusalem.

Jamais ils n'ont pu fonder de colonies en Asie. Déjà les tentatives des Assyriens, dans les siècles antérieurs, pour les faire reculer à Babylone, avaient échoué.

La vérité, c'est qu'ils ont été refoulés à l'Ouest, les uns par la voie de l'Europe, les autres par celle de l'Afrique, où ils succèdent à leurs cousins les Phéniciens. L'Océan ne les arrête pas dans cette migration, et la République Argentine semble destinée à en recevoir d'importantes quantités.

XV

Domrémy était situé sur la frontière orientale de la Champagne, notre province la plus orientale avant l'acquisition de la Lorraine. Au contraire, les Plantagenets avaient l'Anjou et la Guyenne pour point de départ.

C'est donc une inexactitude de

représenter Jeanne d'Arc comme une faible bergère. Entre la fille de la Lorraine champenoise et les Celtes de l'Ouest, la partie n'était pas égale ; le bras de Jeanne était conduit par les lois qui régissent, d'une manière immuable, la marche des choses.

Même observation pour les autres circonstances où nous nous sommes rencontrés avec les Anglais : à Fontenoy, nous étions conduits par un Germain ; à Waterloo, par un Latin.

XVI

Tous les moyens sont bons à la nature pour atteindre ses fins. Quand ce n'est pas par le refoulement qu'elle obtient la marche vers le Sud-Ouest, c'est par l'aspiration.

Sans la traite et les négriers, les Africains, qui forment une si grande part de la nouvelle population de l'Amérique, ne seraient jamais parvenus tout seuls à traverser la mer.

Les planteurs réclamant des bras, et se les faisant envoyer à fond de cale, ont obéi aux mêmes impulsions qui, dans tout le nord de l'Afrique, ont substitué des blancs, sémites d'abord, aryens maintenant, aux aborigènes noirs.

XVII

La Flandre est la seule province de l'ancienne France que nos rois aient perdue (traité de Madrid, 1526); Louis XIV en reconquit la moitié, mais il ne put ravoir Bruges et la partie septentrionale.

XVIII

Sur la foi des historiens, j'ai cru pendant longtemps que la révocation de l'Édit de Nantes avait été inspirée par des considérations religieuses ou politiques.

Mais il m'a bien fallu reconnaître, un jour, que Louis XIV avait excepté l'Alsace de l'extension du nouvel édit; que Louis XV avait confié ses armées à un protestant de Saxe et Louis XVI ses finances à un protestant de Suisse. Je n'ai plus vu alors dans cette célèbre révocation qu'un moyen suscité par les lois éternelles pour faire appliquer des dragonnades aux Méridionaux des Cévennes.

XIX

On m'a appris dans mon enfance que les Vendéens s'étaient insurgés pour défendre leur foi et leur roi.

Plus tard, j'ai remarqué que les chefs de leurs vainqueurs s'appelaient Westermann, Kléber, Kellermann, et je n'ai plus vu qu'une lutte entre Vendéens et Alsaciens, une victoire des Orientaux sur les Occidentaux.

Hoche était de Versailles; Marceau, de Chartres. Les bleus ne venaient ni de Bayonne, ni de Bordeaux.

XX

Ni Lille, ni Strasbourg, ni Nancy n'ont connu les atrocités que Nantes et Lyon durent subir pendant la Révolution.

XXI

Dans notre pays, quand la guerre a lieu à l'est de Paris, les Orientaux refoulent les Occidentaux jusqu'à Tours et Bordeaux ; quand la guerre a lieu à l'ouest, les Orientaux acculent les Occidentaux à Quiberon.

XXII

Gott mit uns! Hélas! ils avaient bien raison de pousser ce cri, car les lois de la gravitation agissaient pour eux à Wissembourg et à Sedan comme elles avaient agi pour nous à Poitiers contre Aabd-er-Rahmane, à Béziers contre les Albigeois et à Alger contre Husseïn-Dey ; comme elles agiront encore au jour prochain où nous entrerons à Aaïne-Salah et annexerons une partie du Maroc.

XXIII

Tirez sur la carte une ligne de Berlin dans la direction du Sud-Ouest, elle tombe droit sur Strasbourg.

XXIV

Les Basques sont, de toutes les races constituant notre nationalité, celle qui fournit le plus grand nombre d'émigrants pour l'Amérique.

La chose s'explique aisément quand on se rappelle qu'ils sont les descendants des Ibères, la plus ancienne des races établies sur notre sol. Dans le sud-ouest de la France, ils font place aux Gallo-Francs, comme ceux-ci, dans le nord-est, cèdent devant les Germains.

XXV

Il n'y a qu'une seule ligne transatlantique sous pavillon américain; par contre, ce pavillon domine sur le Pacifique.

XXVI

Notre colonie d'Algérie-Tunisie a été conquise successivement par les Libyens, les Phéniciens, les Romains, les Vandales, les Grecs, les Arabes, les Turcs et les Français; jamais par les Marocains ou les Espagnols.

XXVII

Longtemps avant le voyage de Colomb, les Scandinaves avaient découvert l'Amérique polaire et s'étaient implantés en Islande et au Groenland.

Quand l'heure d'un rapprochement plus efficace des continents eut sonné, c'est un Européen qui découvrit l'Amérique et non pas un Américain qui découvrit l'Europe.

Aujourd'hui, les États-Unis achètent l'Alaska et les îles Aléoutiennes à la Russie, et ce dernier pays cède les îles Kouriles au Japon, en attendant de nouveaux reculs.

Les États-Unis sont les maîtres du Pacifique, et la piastre mexicaine est la seule monnaie de la côte occidentale de cette mer.

Enfin, la présence en Sibérie de races rouges, d'une origine américaine prouvée, comme les Iakoutes et les Tchouktchis, fournit au moins deux cas certains d'invasion de l'Asie par des Américains.

Serait-il donc trop aventuré de déduire de tout cela que, de même que les Mandchous se sont répandus du nord-est du continent dans toute la Chine, l'ensemble des races jaunes est provenu, à une date indéterminable, de la côte américaine?

Il est universellement admis que les races indo-européennes qui ont fourni à l'Europe sa population actuelle sont toutes d'origine asiatique; ces mêmes races, entraînées vers l'Ouest, composent la nouvelle population du Canada et des États-Unis.

Donc les Américains, en s'établissant aux îles Aléoutiennes, reviennent au point de départ asiatique, après avoir effectué le tour du monde en un nombre inconnu de milliers d'années.

Mais l'Asie était-elle un point de départ, et savons-nous si ce tour du monde n'a pas déjà été fait plusieurs fois par nos ancêtres?

XXVIII

Dans la seconde moitié du XVe siècle, les Asiatiques s'implantent à Constantinople; aussitôt, les Européens commencent à envahir l'Amérique.

Sur un théâtre plus restreint,

l'histoire de la France fournit la même leçon. A peine les traités de 1815 nous avaient-ils enlevé non seulement les conquêtes récentes au Nord-Est, mais encore une partie du territoire français de 1789 sur les frontières belge et prussienne, que l'expédition d'Algérie est venue accentuer notre renvoi des pays rhénans.

A quelque temps de là, le traité du Bardo a achevé l'œuvre du traité de Francfort.

On n'a que l'embarras du choix parmi tous les exemples semblables dans les autres pays.

En 1815, la Suède échange la Finlande contre la Norvège.

De nos jours, la race irlandaise peuple l'Amérique au point de compter plus de représentants au Canada et aux États-Unis qu'en Irlande; mais l'Ulster possède une population en majorité écossaise, et toute la côte orientale de l'Irlande est en train de « s'orangiser ».

Il n'est pas de malheur qui n'accable le Grand-Turc au nord de son empire; mais il a récemment gagné Ghadamès et Ghat, au sud-ouest de la Tripolitaine.

La Chine a perdu d'immenses territoires au nord de la Mandchourie, mais elle a conquis, depuis lors, la moitié du Turkestan et elle est parvenue à faire reculer la Russie elle-même à Kouldja.

XXIX

C'est pour avoir voulu braver cette

loi qu'Alexandre n'a fait que des conquêtes éphémères et que le plus grand capitaine des temps modernes a été précipité de Moscou à Sainte-Hélène. Depuis que le plus illustre des Corses a montré à ses compatriotes le chemin de l'Afrique, ceux-ci l'y suivent en foule; en proportion à la population, leur île est le département qui fournit le plus de colons à l'Algérie-Tunisie et au Sénégal.

XXX

Les Croisades ont échoué parce qu'elles constituaient une révolte du même genre.

Tant que les Asiatiques n'ont eu affaire qu'aux Néo-Latins et aux

Germains, ils ont repoussé toutes les attaques et ont même gagné du terrain dans la vallée du Danube. Mais les choses changèrent de face dès l'intervention des Polonais (Vienne, 1683), et rien, depuis lors, n'a pu arrêter la marche régulière des Russes vers le Sud.

XXXI

Qu'est-ce que Cronstadt, sinon une tentative du but pour faire un choix entre les deux traits dirigés sur lui?

XXXII

Il arrive parfois que les futurs vainqueurs se mettent en campagne avant que leur heure ait sonné, c'est-à-dire pendant qu'ils ne sont encore supérieurs en rien aux futurs vaincus; tels Charles-Quint à Alger, Louis IX à Tunis, Xerxès à Salamine et à Platée. Il faut alors attendre des circonstances meilleures, et celles-ci ne manquent jamais d'arriver. Ainsi les Perses des guerres médiques ont trouvé chez les Turcs de terribles vengeurs.

XXXIII

La première objection qui se présente à l'esprit est tirée de l'immense empire que les habitants d'une ville centrale de l'Italie fondèrent en Europe, il y a deux mille ans. Il suffit, pour y répondre, de rappeler que cet empire est tombé sous les coups des hommes du Nord; vers la même époque, il se scindait en deux, et Byzance se séparait définitivement de Rome.

Les fils d'Arminius ont résisté à tous les retours des Méridionaux et des Occidentaux, et leur suzeraineté sur l'Italie paraît aujourd'hui établie pour longtemps.

XXXIV

Peut-être objectera-t-on encore l'exemple de la Roumanie, qui aurait été fondée par des colonies de soldats romains et qui, située au nord-est de l'Italie, paraît cependant avoir conservé l'empreinte romaine.

Granier de Cassagnac a fait justice de cette erreur historique. (*Origines de la langue française,* pages 315 et suivantes.)

On aurait le plus grand tort de s'imaginer que le Latium ait été un îlot particulier au milieu de populations étrangères. Ce n'était qu'une province d'un ensemble pélasge et celtique qui couvrait, il y a trente siècles, une grande partie de l'Europe, tout comme la famille germanique s'étend actuellement du cap Nord au Tyrol et de Riga à Dublin.

Les Daces n'avaient pas besoin de leurs cousins d'Italie pour se celtiser ou se latiniser. Quinze siècles après l'invasion des barbares, les Moldo-Valaques (peut-être petits-fils des Daces), parlant un dialecte gaulois, demeurent aujourd'hui les derniers représentants des peuples pré-germains et pré-slaves qui furent, un moment, les seuls occupants du sud de l'Europe.

XXXV

Spéculateurs en terrains, ne faites jamais de placements immobiliers au nord ou à l'est des villes ; vous exposeriez votre argent à des risques. Mais, en achetant au *west-end*, vous ferez fortune si vous êtes en situation d'attendre et si la localité est appelée à se développer.

XXXVI

On oppose souvent les incessantes modifications de nos civilisations occidentales à l'éternelle immobilité de l'extrême Orient.

Cette différence paraît toute naturelle quand on songe que, d'après la distribution topographique, nous occupons le bout du continent qui doit recevoir toutes les vagues humaines, tandis que les Jaunes sont au bout qui ne doit être influencé que par les seuls arrivages transpacifiques.

Aussi longtemps qu'elle n'a été habitée que par des Rouges, l'Amérique n'a pas possédé une force d'expansion suffisante pour exercer au loin une action. Mais la situation est autre aujourd'hui, et c'est San-Francisco, et non Londres, ni même Saint-Pétersbourg, qui rétablira à Yeddo et à Pékin le règne de la loi, trop longtemps bravée, de perpétuel changement.

XXXVII

Si, concluant du connu à l'inconnu, nous procédons par induction et tirons les conséquences de la loi qui vient d'être exposée, le passé, même le plus reculé, se révèle dans ses lignes principales.

A moins d'une infraction dont on ne trouverait pas d'exemple dans ce que nous savons de l'histoire universelle, il faut, d'après les exigences de la loi, que la race rouge soit provenue d'Europe et la race jaune d'Amérique.

Il faut que les noirs soient antérieurs aux blancs et aient été expulsés par eux d'Asie et d'Europe.

Chez les blancs, il faut que les Sémites soient plus anciens que les

Indo-Européens, et que, parmi ces derniers, les blonds soient plus récents que les bruns.

XXXVIII

C'est une chose bizarre comme la répartition des races européennes s'est effectuée sur la rive orientale du nouveau monde suivant le même ordre que dans l'occident de l'Europe.

Tout à fait au nord, les Scandinaves habitent l'Islande et le Groenland; après eux viennent les Anglo-Saxons (avec un faible appoint de Français au Canada et dans la Louisiane); puis, les Espagnols dans l'Amérique centrale; enfin, les Portugais dans le Brésil.

Mais ce qui est tout à fait curieux,

c'est que, au-dessous du Brésil, les Espagnols apparaissent de nouveau, dans l'Uruguay et la République Argentine, comme en Europe Cadix vient après Lisbonne.

LOIS

DE LA

GRAVITATION MORALE

XXXIX

Les mérites d'une idée ne suffisent pas pour assurer sa diffusion sur toute la surface du globe.

Tout comme la marche des races animales et humaines, des langues et de toutes les invasions heureuses, la marche des créations de l'esprit humain est soumise à la loi des progrès dans le sens de l'Est et du Nord vers l'Ouest et le Sud.

XL

« Stat crux dum volvitur orbis. »

Voilà, certes, une image superbe et impressionnante.

Voyons si les dix-neuf siècles de l'histoire du christianisme la justifient.

Après l'épreuve d'un aussi grand laps de temps, il est facile de reconnaître que, loin d'être restée immuable, la croix a parcouru et parcourt encore l'unique et invariable trajet imposé à tout ce qui paraît sur l'écorce de la terre. Refoulé de la Syrie, d'où il a presque complètement disparu, le catholicisme a, dans sa marche vers l'Ouest, conquis l'Italie, puis l'Europe occidentale, puis l'Amérique espagnole. Les jours de la papauté à Rome semblent désormais comptés ; elle ne tardera pas à être refoulée vers un séjour quelconque, plus à l'Ouest ou au Sud.

Alors que, à l'extrême Occident, le catholicisme est religion d'État dans les républiques espagnoles du Pacifique, le pape, à quelques kilomètres de Rome, sur la rive orientale de l'Adriatique, ne compte pas un fidèle. D'où il résulte que : « Volvuntur et orbis et crux » serait plus près de la vérité que ne l'est la fière allégation mise en tête de ces lignes.

XLI

La même remarque peut être faite pour l'extension du protestantisme. Luther compte des adeptes jusqu'à San-Francisco, mais il n'a jamais pu entamer la Pologne.

XLII

Si les invasions matérielles ou morales en provenance de l'Est et du Nord réussissent toujours, soit immédiatement, soit après quelques siècles d'efforts, la même loi condamne à un insuccès final les mouvements provenant de l'Ouest et du Sud. A cause de leur origine espagnole, les jésuites rencontreront toujours en Europe autant de résistance que les Chinois en Amérique, les Juifs en Russie, et le porc américain en France.

XLIII

En devenant une religion romaine

au lieu de rester une religion orientale, le catholicisme se condamna à perdre, à bref délai, sa branche grecque; puis, en maintenant sa capitale en Italie, il enleva tout caractère de durée à ses conquêtes parmi les Saxons et les Scandinaves.

Constantinople et Wittemberg obéissant à Rome, cela ne se peut pas plus que Rome obéissant à Carthage. Peut-être Photius et Luther ont-ils cru défendre une idée; en réalité, ils n'ont fait que rétablir le règne, un moment interrompu, des lois de la gravitation.

XLIV

Les conquêtes du bouddhisme en Chine sont le seul fait que l'on puisse opposer plus ou moins à l'ensemble de ceux qui viennent d'être rappelés ici. On doit cependant noter que Çakya-Mouni était originaire du Népaul, et non pas de Ceylan, comme on le croit généralement. En outre, le bouddhisme, s'il est déjà parvenu en Russie, perd du terrain, depuis un certain temps, en Chine ; ses adeptes l'abandonnent de plus en plus pour suivre les doctrines de Confucius. Et puis, il resterait à savoir jusqu'à quel point le bouddhisme chinois peut être assimilé au bouddhisme indien.

XLV

En cherchant à expurger la langue allemande des mots français qui s'y sont introduits durant ces deux derniers siècles, Guillaume II obéit, sans s'en douter, au vœu de la nature.

La langue allemande ne doit pas contenir plus de mots français que la langue française de mots espagnols.

XLVI

Rien dans l'univers n'est l'effet du hasard. Le fait considéré isolément peut seul faire croire au hasard. Vus d'ensemble, tous les hasards se combinent pour le succès perpétuellement renouvelé d'un plan auquel rien ne résiste.

Triomphe du Nord-Est sur le Sud-Ouest, telle est, avec une rigueur mathématique, la conclusion incessamment répétée de chaque page de l'histoire universelle; mais il faut souvent plusieurs siècles pour que les choses rentrent dans l'ordre : Xerxès a attendu Mahomet II pendant deux mille ans.

XLVII

Des quelques exemples qui précèdent, choisis entre mille, et que ne vient contredire aucun fait certain, il résulte que l'homme est, malgré ses rodomontades de liberté, impuissant à propager, d'une manière durable, sa religion, sa langue, sa civilisation, dans une certaine aire, et, au contraire, tout-puissant dans l'aire opposée.

Le domaine de la pensée est soumis à des lois en tout pareilles à celles de la physique. Voilà qui n'encourage guère à s'échauffer pour une doctrine quelconque.

RACES HUMAINES

XLVIII

On peut classer les différentes races humaines et augurer de leurs destinées d'après la flexibilité des lèvres et leur rôle dans la prononciation.

Au plus bas degré de l'échelle, le nègre se présente avec des lèvres épaisses et immobiles; il parle du fond de la gorge, presque de l'estomac. Ces caractères sont moins accusés chez l'Arabe. Par l'Italien, le Français et un ou deux autres échelons, on aboutit au Russe, qui, ne parlant que des dents et du bout des lèvres, représente une race jeune et nouvelle, n'ayant pas encore fourni sa carrière.

XLIX

Un autre critère de la valeur d'une race peut être trouvé dans le rôle concédé à la femme.

Entre la femelle du nègre et la femme russe, il y a toute une série d'échelons qu'il serait facile de marquer. Le livre de Bebel sur la femme ferait pouffer de rire les Arabes, si jamais un d'entre eux était capable d'en entreprendre la lecture.

L

Les avis diffèrent sur l'interprétation qu'il faut donner à la doctrine de l'Évangile, quant à la légitimité de la répudiation de l'épouse adultère. Mais un point demeure certain, c'est que la répudiation est le seul mode de rupture du mariage prévu par le Christ. A aucun moment il n'a envisagé le cas d'une femme honnête qui aurait été unie à un mari indigne.

Ce sont les Germains qui ont mis les deux sexes sur le même rang et qui ont inauguré la jurisprudence permettant à la femme malheureuse de réclamer du juge sa libération d'un joug abusif.

En cela notre civilisation nord-européenne se montre plus charitable et plus chrétienne que le christianisme méditerranéen..

LI

Si les races catholiques peuvent revendiquer Mozart, Beethoven, Weber, Rossini, Gounod et Verdi, la race juive, qui, malgré le petit nombre de ses membres, a produit Meyerbeer, Mendelssohn, Halévy et Rubinstein, tient incontestablement le premier rang pour l'aptitude musicale. Les protestants viennent en derniers avec le seul Wagner.

Cette infériorité musicale des races septentrionales prouve que la musique est un art secondaire, puisqu'on y excelle d'autant plus que l'on appartient, au moins par l'origine, à une latitude géographique plus basse.

LII

Toutes les formes de gouvernement se valent. L'histoire du passé et le spectacle du présent prouvent qu'elles n'ont de mérite que suivant l'âge des peuples et la hauteur des latitudes.

Le même despotisme donne en Russie et en Turquie des résultats sensiblement différents. En Amérique, la même démocratie (je dirai presque la même Constitution) produit, d'un côté, les États-Unis et le Canada, et, de l'autre, les républiques néo-latines, lesquelles sont loin de jouir d'une aussi bonne renommée.

LIII

La Russie mise à part, on constate que les finances d'un État sont d'autant meilleures qu'il est situé plus loin de la Méditerranée.

Les dettes de la Tunisie et de l'Égypte ne sont devenues un bon placement que depuis l'occupation de ces pays par les Français et les Anglais. Est-il budgets plus malades que ceux du Portugal, de la Grèce, de l'Espagne et de l'Italie?

Par contre, l'Angleterre et les États scandinaves ont les plus solides rentes de l'Europe.

Là où rayonne le soleil, il faut renoncer à trouver des habitudes de travail et d'ordre.

LIV

Influence de la latitude géographique sur l'énergie morale :

L'Arabe dit : « En ch' Allah ! » (S'il plaît à Dieu !)

Le Français : « Aide-toi, le Ciel t'aidera. »

L'Anglo-Saxon (principalement l'Écossais, d'origine scandinave) : « Help yourself ! » (Débrouille-toi.)

LV

Chronologiquement, toutes les races humaines sont aussi jeunes ou aussi vieilles les unes que les autres, du moins d'après le peu de renseignements historiques que nous possédons.

Ce qui fait l'âge d'une race, c'est l'ancienneté de son établissement sur un sol. Usée et condamnée à la disparition en Europe, une race finie retrouvera une nouvelle jeunesse en Amérique ou en Afrique.

LVI

Ce n'est pas la doctrine qui fait l'homme; c'est, au contraire, l'homme qui accepte ou refuse la doctrine, ou bien encore la façonne suivant ses goûts et l'adapte à ses moyens.

Sur des terrains différents, la même idée germe et fructifie différemment.

DÉTERMINISME

LVII

Rien ne m'attriste plus que nos revers de 1870 et la perte de nos provinces. Pourtant, je suis obligé de reconnaître que, si nous avions été vainqueurs, nous ne nous serions jamais décidés à renoncer à notre armée professionnelle, alimentée par ce mode cruel qui s'appelle la conscription; grâce à la défaite, nous avons adopté, et les autres grandes puissances avec nous, le système prussien du service militaire personnel, d'une courte durée, obligatoire pour tous les citoyens, qui paraît être une des exigences du degré de civilisation auquel nous sommes parvenus.

J'ai souvent des preuves de l'affreuse misère qui frappe nombre d'habitants des grandes villes. Il semblerait cependant que cette misère est insuffisante, puisqu'elle n'empêche pas les campagnards de déserter de plus en plus leurs champs, au grand dommage de la qualité de la race.

Ces deux exemples, pris au hasard, pourraient être corroborés par bien d'autres pour prouver que toutes choses, même les plus douloureuses, ont leur utilité et que la logique de l'histoire n'est pas un vain mot.

LVIII

Plus d'un noble esprit s'est révolté contre certains faits historiques en refusant de les admirer quand ils ne s'appuyaient sur d'autres mérites que le succès. Ainsi, de grands penseurs ont déploré l'invasion des barbares, la disparition de la civilisation romaine et la nuit qui s'est alors étendue pour plusieurs siècles sur l'Europe.

Je suis tout prêt à admettre que le triomphe de la barbarie sur la civilisation a été un malheur momentané; mais qui oserait prétendre que, sans les vagues germaniques qui ont couvert nos pays et le mélange des sangs résultant de cette invasion, les races latine et celtique, déjà moribondes au IVe siècle, eussent pu fournir d'elles-mêmes une civilisation égale à celle qui a pris naissance au XVe siècle et qui se développe sous nos yeux ?

L'utilité d'un fait peut donc exiger parfois une douzaine de siècles pour se manifester.

LIX

On a bien raison de dire que tout pouvoir vient de Dieu; mais on ne devrait pas manquer d'ajouter que toute révolte a la même origine.

LX

On me dit :

Vous prétendez que tout est pour

le mieux dans le meilleur des mondes, que chacun, quelque voie qu'il suive, sage ou fou, vertueux ou criminel, accomplit inconsciemment la fin à laquelle il a été destiné et qui convient le mieux pour la réalisation des visées providentielles; ne voyez-vous pas qu'une pareille doctrine est la glorification du fatalisme et la destruction de toute initiative?

Je réponds :

Ma doctrine n'est pas une règle de conduite, elle est une constatation de ce que l'observation m'a révélé. Loin de vouloir enseigner la résignation fataliste, je prétends que tout a son utilité, aussi bien la paresse des uns que l'ardeur des autres, aussi bien les efforts qui semblent infructueux que ceux qui paraissent réussir. L'homme dort ou s'agite et Dieu le mène.

Jésus a eu autant raison de prêcher la charité que Blücher et Moltke de crier la haine. C'est justement l'ensemble des doctrines contradictoires et des actes opposés qui fait l'harmonie générale.

LXI

Bossuet a cru faire merveilles en démontrant dans son *Discours sur l'histoire universelle* que le cours des événements historiques antérieurs à l'avènement du Messie avait préparé cet avènement. Un tel complot de cent peuples divers lui semblait miraculeux au premier chef.

Il est étonnant qu'un si grand

esprit n'ait pas mieux profité des études historiques auxquelles la composition de son ouvrage l'avait conduit à s'adonner. Dans l'ardeur de son zèle, il n'a pas vu que ce qu'il prenait pour un prodige était la règle et même la règle constante.

Tout, dans l'histoire générale du monde comme dans la vie particulière du plus modeste individu, est une résultante forcée des événements précédents; rien n'arrive qui n'ait été préparé par la suite des siècles; l'histoire universelle est un engrenage serré où chaque dent attire invinciblement la suivante, où rien n'est livré au hasard.

Pour en revenir aux origines du christianisme, elles eussent présenté un caractère prodigieux si notre religion avait eu l'Espagne comme point de départ; mais, venant de la Judée, elle possédait toutes les chances de conquérir le reste de la Méditerranée.

LXII

Objectivité nulle part, subjectivité partout, tel est le spectacle que me présente l'histoire entière des contentions des hommes.

LXIII

Je ne puis parvenir à me persuader que ce monde n'ait pas été fait ou ne se soit pas fait (peu importe) pour être comme il est.

Tout ce qui a eu lieu me semble avoir eu une raison d'être et devoir servir à amener ce qui sera. Plutôt que de ne pas être tel que nous le voyons, l'univers n'eût pas été.

La Pensée souveraine pouvait-elle laisser l'avenir de son œuvre dépendre du caprice d'atomes ignorants?

PERSONNALITÉ

HUMAINE

11

LXIV

Il n'y a pas de matière inerte : tout vit dans la nature ; mais on n'a pas encore pu déterminer la limite (s'il y en a une) entre les vies particulières des unités végétales et animales et la vie générale de notre planète. Il est même probable que la vie propre de chaque astre (entrevue par Képler) n'est pas distincte et qu'elle se confond dans la vie générale de l'univers.

J'exagère peut-être en pensant que la personnalité humaine n'a pas d'autre fondement que l'opinion plus ou moins compétente d'une humanité encore au début de la sagesse; mais il demeure certain, en tout cas, qu'on en a, jusqu'à présent, grandement exagéré le rôle.

LXV

Le visage étant le miroir de l'âme, la ressemblance de l'enfant avec ses auteurs est le plus grand argument à invoquer en faveur de l'hérédité morale.

Chacun des deux parents ne peut se survivre dans l'enfant qu'à la condition de souffrir chez celui-ci la survie de son conjoint; tant il est vrai que l'espèce est tout et que l'individu n'est rien!

Qui sait si au regard du genre

l'espèce tient un rang plus considérable que celui de l'individu auprès de l'espèce?

LXVI

Qu'est-ce que l'expérience, sinon une accumulation de petites atteintes portées à l'identité d'un même individu entre sa naissance et sa mort?

L'homme de quarante ans est-il en tous points la même personne qui, sous le même nom, a vécu vingt ans auparavant?

Il est même permis de se demander si l'individualité survit à la mémoire. Ai-je vraiment vécu les temps dont je ne me souviens plus?

MORALE

LXVII

Du moment que l'on admet une harmonie préétablie ; du moment que l'on refuse de croire tant au hasard qu'à la prétendue liberté qu'aurait l'homme de modifier à son gré le cours, toujours le même, des événements et des pensées, le bien et le mal disparaissent pour se confondre grandiosement dans l'ordre providentiel. Il faut alors reconnaître que tout est bien ; Troppmann, saint Vincent de Paul et Bismarck paraissent aussi indispensables les uns que les autres à l'achèvement des volontés du Destin.

Nous appelons « bien » ce qui répond à nos goûts, à notre idéal, et « mal » ce qui s'en écarte et ne rentre pas dans notre conception d'un monde bien organisé. Au lieu, donc, de déclarer que quelque chose est mal, nous montrerions moins de fatuité en avouant simplement notre ignorance de son utilité dans la marche générale des choses terrestres.

LXVIII

Quel malheur pour la mémoire de Philippe le Bel que la monnaie fiduciaire n'ait pas été en usage au XIVe siècle ! Si ce prince avait connu les billets de banque, ses sujets ne l'eussent pas maudit et l'histoire n'eût pas été plus sévère pour lui qu'elle ne le sera pour les souverains modernes de Russie, Espagne, Portugal, Grèce, Italie, etc., etc., pays où l'on ne dispose même pas de fausse monnaie.

LXIX

Les théologiens ont grandement raison de se refuser à admettre la morale naturelle. Aucune des actions que notre civilisation appelle criminelles n'est uniformément repoussée par tous les peuples. Or l'unanimité et la perpétuité sont des conditions *sine quâ non* de tout sentiment véritablement humain.

Sans aller chercher des exemples chez les sauvages et les cannibales, nous voyons des religions et des civilisations assez rapprochées des nôtres qui encouragent au meurtre et au pillage des non-Juifs et des non-Musulmans. Nous voyons même parmi nous et de nos jours des actes communément réputés abominables ne soulever, par suite de l'état de nos esprits, aucune réprobation.

Personne en Allemagne, parmi les chrétiens les plus convaincus, n'a considéré comme criminel le soldat Kauffmann qui, en pleine paix et sans provocation, avait tiré sur deux Français inoffensifs. Bien plus, dans le pays même des victimes, si tout le monde a ressenti l'offense et s'est disposé à la venger, personne n'a envisagé l'événement autrement qu'au point de vue politique. Il n'est venu à la pensée d'aucun Français que Kauffmann et ses inspirateurs étaient des criminels du même ordre que ceux qui tous les jours sont envoyés au bagne et à l'échafaud.

Il est admis par l'Europe entière que la politique légitime tout et que les intérêts de la patrie ne peuvent tolérer aucune considération.

LXX

X. fut un des plus funestes ministres de Louis XV. Son administration contribua largement aux embarras financiers qui ont causé la Révolution. Ses concussions enrichirent ses héritiers.

L'énorme fortune que ce traitant leur a laissée est répartie aujourd'hui entre vingt familles du faubourg Saint-Germain qui ne portent pas son nom, mais qui, à la suite de mariages d'argent, descendent de ses nièces.

Riches et nobles, les petits-neveux de X. sont les défenseurs les plus considérés et les plus convaincus du trône et de l'autel, de l'autel surtout. La plupart d'entre eux seraient bien surpris d'apprendre que leur fortune a une origine fâcheuse.

D'où cette question : Au bout de combien de générations le bien mal acquis devient-il légitime et respectable ?

LXXI

Nos mœurs et nos lois sont sévères à l'égard du commerçant qui, pour prolonger une situation embarrassée, aura recouru à de nouveaux emprunts qu'il se savait incapable de jamais rembourser.

Mais est-il un de nous qui se permette le moindre jugement désobligeant envers les chefs des États à finances avariées? Nul ne s'avisera de trouver malhonnêtes les personnalités gouvernementales de tel ou tel royaume méridional qui empruntent de l'or français, bien décidées à cesser de payer les arrérages le jour où, la confiance des nouvelles couches de prêteurs venant à se lasser, il faudra faire le service des coupons avec les ressources du pays, avec de l'or national.

LXXII

Commis par un particulier, le

crime est déclaré condamnable; commis par un peuple ou un monarque, il devient méritoire et glorieux.

Pour avoir fait tuer deux millions de Français, Napoléon Ier a été pleuré par leurs neveux pendant cinquante ans. Léon XIII aurait-il jamais envoyé la plaque du Christ à M. de Bismarck, si celui-ci n'avait pas fait le nécessaire pour arriver à la haute situation qu'il a occupée? Pourtant, ce nécessaire impliquait bien des actes d'un caractère tout à fait discutable, comme, par exemple, l'envoi en France de la dépêche annonçant faussement que notre ambassadeur avait été insulté par le roi de Prusse.

Les penseurs du XIXe siècle sourient aux prétentions du confesseur de Charles-Quint qui passe pour avoir dit à son pénitent : Maintenant que vous m'avez avoué les péchés de Charles, continuez par ceux de l'empereur. Au fond, ce théologien était plus logique que nous tous, qui admettons deux morales, l'une pour les individus et l'autre pour les États.

LXXIII

Exception faite des actes provoqués par les sentiments naturels qui sont communs à la brute et à l'homme, notre conduite à tous est guidée, que nous nous l'avouions ou pas, par la morale de l'intérêt bien entendu. On peut même se demander si l'amour des siens, l'amour de la patrie, etc., ne sont pas des formes de l'égoïsme.

Comme rien n'existe sans utilité finale, il est à penser que nous ne nous trouverions pas constamment en butte aux sollicitations de tant d'intérêts divers si ces intérêts n'avaient pas pour mission de guider nos actes en faisant pencher notre choix du côté qui, dans la circonstance, convient le mieux, sans que nous nous en doutions, pour l'accomplissement des volontés générales du Destin.

La satisfaction que nous éprouvons de nous-mêmes, notre hypocrisie sont les causes qui ont jadis provoqué tant d'indignation contre la théorie d'Helvétius et qui nous empêchent aujourd'hui d'analyser impartialement notre cœur. Le chrétien qui pratique sa religion, celui surtout qui la pousse à l'extrême en s'enfermant dans un cloître, n'ont en aucune façon une conduite désintéressée. Quoi qu'ils en disent, ils soignent leurs intérêts en se gênant dans ce bas monde pour s'assurer plus de bonheur dans l'autre.

LXXIV

Aucune loi, aucune police, aucun tribunal ne régissent les rapports des États entre eux. Seuls les calculs de l'intérêt et l'emploi de la force suffisent à faire régner entre les nations un ordre en tout semblable à l'ordre dans lequel vivent les citoyens d'un même pays.

De temps en temps, quand il le faut pour l'accomplissement du plan providentiel, un voisin fort affaiblit ou détruit un voisin faible. Puis tout rentre dans le repos pendant une certaine période. Après quoi, les crises se renouvellent avec la même intermittence pour que puisse être effectué plus rapidement l'éternel roulement des races et des civilisations.

Et, d'ailleurs, la force au service de l'intérêt n'est-elle pas la grande régulatrice de nos sociétés? Qu'est-ce que le Code pénal, si ce n'est l'arme de la collectivité frappant l'isolé qui menace la tranquillité générale?

D'où il suit que les hommes, tant dans les rapports des particuliers que dans ceux des États, contiennent en leur propre nature, sans qu'il soit besoin d'une intervention surnaturelle, tout ce qu'il faut pour comprimer les appétits intempestifs de certaines unités.

LXXV

Les préceptes de la morale sont édictés tantôt à l'avantage de celui qui les pratique, tantôt au profit du prochain. Dans tous les cas, il y a un bénéficiaire.

La morale même la plus pure n'est au fond qu'un utilitarisme déguisé.

RELIGIONS

LXXVI

En voulant démontrer l'existence de Dieu (un dieu personnel, extérieur et supérieur à la nature) par la nécessité de fournir une cause créatrice et organisatrice à ce qui tombe sous nos sens, on n'élucide pas la question; on se borne à reculer la difficulté d'un cran.

Si l'univers suppose un créateur, ce créateur en exige un également pour lui-même. Ne serait-il pas plus simple de renoncer à l'explication sémitique, et de voir tout bonnement dans la nature, non seulement l'effet, mais aussi la cause que l'on s'est évertué à aller chercher en dehors?

Au surplus, une seule chose paraît certaine : cet univers, aussi bien dans son ensemble que dans ses détails, est voulu. Après cela, que la Volonté maîtresse soit un créateur ou qu'elle réside dans l'univers lui-même, c'est là une question qui eût mérité d'être discutée à Byzance.

LXXVII

Entre le 20e degré de longitude est et l'Atlantique, la répartition des religions a lieu par zones.

Le protestantisme occupe la tranche supérieure avec la Scandinavie, l'Allemagne septentrionale, la Grande-Bretagne et le nord-est de l'Irlande. Le catholicisme vient ensuite avec l'Allemagne méridionale, les pays néo-latins et l'Irlande. Dans le nord de l'Afrique, c'est le mahométisme qui domine, et le fétichisme résiste encore dans la zone la plus basse.

LXXVIII

On a dit depuis longtemps : Tant vaut une race, tant vaut sa religion.

C'est là une vérité évidente pour tout observateur impartial.

Quel homme de bonne foi se risquera à soutenir que la religion de Windhorst et de Newman soit la même que celle des Maltais, des Siciliens, des Andalous et des Brésiliens?

Vraie pour les races, cette théorie l'est peut-être encore plus pour les individus. Scrutons notre conscience et regardons autour de nous : chacun ne se forge-t-il pas un petit catholicisme à son usage personnel ?

LXXIX

Les Musulmans nous présentent, entre Turcs et Arabes, des dissemblances encore plus marquées. Les deux races sont également ferventes pour le Prophète, mais la première trouve moyen, malgré les convoitises de ses voisins, de jouer encore un rôle en Europe, alors que la seconde est asservie partout.

Jamais Abd-el-Kader n'a pu réunir un bataillon de fantassins solides, tandis que les Turcs ont possédé de tout temps une excellente infanterie.

Beaucoup de Turcs sont envoyés dans les différentes écoles des grandes capitales, mais il devient de plus en plus évident que les Arabes seront toujours incapables de témoigner la moindre curiosité pour nos sciences ou nos arts; depuis la période brillante des Croisades, ils n'ont plus été que des demi-nègres.

LXXX

Le nègre ne peut se passer une minute de son féticheur.

Le musulman invoque Allah du matin au soir.

Le catholique associe la religion à tous ses actes.

Mais le protestant, c'est-à-dire l'homme du Nord, ne pense à sa religion qu'un jour par semaine.

En un mot, les pratiques de dévotion prennent une place d'autant plus grande que la race occupe un rang plus méridional.

LXXXI

L'incapacité du catholicisme latin à faire des recrues dans le catholicisme grec peut s'expliquer par la malédiction qui frappe toutes les tentatives du Sud-Ouest vers le Nord-Est ; mais cette explication ne subsiste plus pour l'échec de toutes les branches du christianisme dans leurs efforts pour la conversion des musulmans.

Au contraire, cet échec paraît tout naturel, si l'on songe que le mahométisme est postérieur de six ou sept siècles au christianisme; toute conversion au catholicisme romain d'un musulman, d'un grec ou d'un protestant est, au point de vue chronologique, un pas en arrière.

C'est parce qu'il est antérieur à toutes nos religions que le judaïsme n'a jamais témoigné des velléités de prosélytisme.

Ainsi donc, quelle que soit sa valeur intrinsèque, une doctrine religieuse acquiert une force vitale spéciale par la date de son apparition.

LXXXII

Toute la poésie et la noblesse de

sentiments dont ils sont redevables à la qualité de leur race, les Indo-Européens en ont orné leur religion; ils ont fait de celle-ci, par l'espoir des compensations futures, le meilleur remède aux maux de la vie : le christianisme est un anesthésique.

VARIA

LXXXIII

Il est surprenant que l'on n'ait pas été plus frappé jusqu'à présent de tout ce que le mot « miracle » implique, chez celui qui l'emploie, de suffisance et de prétention.

Dire qu'une chose est miraculeuse, c'est en effet tenir le langage suivant :

« Je ne puis pas expliquer tel fait; or, comme je connais à leur extrême limite toutes les lois de la nature, ce fait est par conséquent un miracle. »

Il n'est pas un homme au monde

qui prendrait sur lui d'émettre un syllogisme témoignant tant de présomption, et cependant tous les jours, des millions d'êtres, en prononçant le mot de miracle, déclarent implicitement qu'ils ont la science infuse.

LXXXIV

La célèbre pensée de Pascal : « Vérité en deçà des Pyrénées, erreur au delà », est incomplète : on peut dire, avec plus de raison encore : Vérité aujourd'hui, erreur demain.

LXXXV

D'une part, je crois que tout est

pour le mieux dans le meilleur des mondes, que le mal n'est autre chose que ce dont nous ne pouvons encore comprendre l'utilité finale.

D'autre part, je crois au progrès constant, à la supériorité d'aujourd'hui sur hier, ce qui implique l'existence du mal dans le temps écoulé.

Et pourtant ces opinions ne sont pas aussi contradictoires qu'elles le semblent au premier abord.

Le défaut reprochable à hier n'est que relatif; en lui-même, hier était parfait; c'est comparé à l'heure actuelle qu'il paraît inférieur.

A son tour, le présent, quand il pourra être comparé à l'avenir, constituera le mal, mais pas auparavant.

LXXXVI

La couleur est dans notre œil et non pas dans l'objet. Il en est de même pour l'heur et le malheur, pour le bien et le mal, pour la vie et la mort.

FIN

TABLE

Paris. — MAY & MOTTEROZ, Lib.-Imp. réunies
7, rue Saint-Benoît

www.ingramcontent.com/pod-product-compliance
Ingram Content Group UK Ltd.
Pitfield, Milton Keynes, MK11 3LW, UK
UKHW020237220726
13923UKWH00002B/704